我决定宽恕舌头的笨拙
写下这些话语

罗凤鸣，四川巴中人。系中国电视艺术家协会会员、四川省作家协会会员。诗作散见《星星》《诗歌月刊》《诗选刊》《绿风》等。入选《中国年度诗歌》《中国当代诗人代表作名录》等选本。出版诗集《岁月的回声》（1992年）、《逆光》（2014年）。

献辞

罗凤鸣 著

黄河出版传媒集团
宁夏人民出版社

图书在版编目（CIP）数据

献辞 / 罗凤鸣著. —银川：宁夏人民出版社，2017.6
ISBN 978-7-227-06686-6

Ⅰ.①献… Ⅱ.①罗… Ⅲ.①诗集—中国—当代
Ⅳ.①I227

中国版本图书馆 CIP 数据核字（2017）第 168492 号

献　辞　　罗凤鸣　著

责任编辑　杨敏媛
封面设计　圣立文化
责任印制　肖　艳

黄河出版传媒集团
宁夏人民出版社　出版发行

出 版 人　王杨宝
地　　址　宁夏银川市北京东路 139 号出版大厦（750001）
网　　址　http://www.nxpph.com　http://www.yrpubm.com
网上书店　http://shop126547358.taobao.com　http://www.hh-book.com
电子信箱　nxrmcbs@126.com　renminshe@yrpubm.com
邮购电话　0951-5019391　5052104
经　　销　全国新华书店
印刷装订　四川金邦印务有限公司
印刷委托书号（宁）0005633

开本　787 mm × 1092 mm　1/32
印张　6　　字数　150 千字
版次　2017 年 7 月第 1 版
印次　2017 年 7 月第 1 次印刷
书号　ISBN 978-7-227-06686-6
定价　42.00 元

对逆光的献辞

·卢一萍·

诗意是一种很独特的植物，更多的时候，它逆光而生；甚至在没有光的时候，诗意也依然不灭。

中国诗歌传统苍茫古老，仔细回想、观察，其实遗存下来的诗歌也多是适应了诗歌逆光生长的方式。而诗意有各种存在样式，更多的时候值得警惕，因为当下（它永无穷尽）的诗意总是泛滥，而能自然地打动人心的好诗却依然金贵，能让人记住、随口吟诵的诗句更是少见。

诗人是通灵者，是人类的精神导师，优秀的诗歌代表的是人类普遍的情感，所以诗歌是可以随口说出的：诸如“窈窕淑女，君子好逑”“路漫漫其修远兮，吾将上下而求索”“蜀道难，难于上青天”“前不见古人，后不见来者”“但愿人长久，千里共婵娟”“为什么我的眼里常含泪水，因为我对这土地爱得深沉”“黑夜给了我黑色的眼睛，我却用它寻找光明”……这些诗句如符咒一般，在任何时代都可以应验，可以供无数人在任何时候引用。很多时候，诗人隐退到了自己创造的诗句后面，甚至会被自己的诗句抹杀。

我主要写小说。但我认为，很多情感只有诗歌能够表达。我一生的梦想，是能写出两句浅白的、能让人记住的诗句——就像罗凤鸣的“世界那么大/我独爱一份小”“鸣笛不再带着方言土语多好/速度意外地快过奔跑的时光多好”“请把激情的煤、思想的光/以及爱情的花瓣/全部撒给别人/此时，我已自己剥光自己/闭紧了窗棂”“像一面镜子/内心再惆怅/也禁不住/世界的一丝光亮”……这是我从《献辞》中随便翻阅时，就能读到的诗句，它让我激动。诗人所要表达的，正是我想表达却又无力做到的，他传达的是我的心声——我想，也会是其他读者的心声。它表达的是普遍的情感，我把能做到这一点的任何吟唱，均视为成熟的、有意义的写作。

我与罗凤鸣都是巴中人。我们在读中学时就喜欢文学。那时，我在巴中奇章中学瞎混，他在巴中第二中学读书。我和曾和平一起办《清流文学报》时得以相识。那是一个在征婚启事上必须写上“爱好文学”才有可能吸引异性的年代。他那时已经发表过诗歌，被称为“校园诗人”了，我们便啸聚校园，满怀激情地要“振兴川北文学事业”，办报印刊，四处讲演鼓动，所到之处，如后来的青春偶像驾临。高中没有毕业，我入伍到了新疆，与诸多朋友失去联系。到与罗凤鸣再见，已是二十余年后我调到成都工作之时。记忆把当年的人和事封存起来，要把接近中年的面孔还原成少年时的那张脸，需要穿越无限深邃的时光，需要把记忆慢慢打开，小心地拭去蒙尘，一点一点恢复，如同冲洗胶卷，首先保证它不被曝光，然后在暗房的显影液里慢慢显影。待看清照片上的风景和人像，一切恍然如昨。在不得不惊叹时间的锋利和无情的同时，暗自庆幸，这就是当年那个家伙，他经历过幸福痛苦、悲欢离合，但还好好地活着——而不可思议的是，他居然还在写诗。

我赞赏有才华的人保持自己的初心，坚持自己的初衷。所以，罗凤鸣的坚守令我由衷高兴，也值得庆幸。

不久我就看到了他的诗集《逆光》。

我虽写小说，但交往最多的是诗人朋友，对诗歌的阅读占据了我阅读的很大一部分。有时候，我对诗歌现状的了解会超过其他文学门类。诗歌是文学标准的检测剂。它是文学的信心。因此，好的诗人和好的诗歌都是难得的。把诗拿给别人看需要勇气，出版诗集更是一种冒险。因为一个形容词的使用不当都可能毁了一首诗，也可能毁了一个诗人。诗歌最容易看出诗人的品位、对生活的情趣、对语言的把控、对意象的运用、对真理和良知的态度、对人类的认知。所以，在诗歌面前，我只认诗歌。

《逆光》这部诗集庄重、朴素。很多诗都不长。非常有意思的是，这些诗句都是浅显易懂的。诗人去掉了诗中的形式和修饰，用词日常，剥去了尘世的浮华，以天然本色示人。这种修为出乎我的意想。

一个个汉字替我死去
悲和痛让钢笔不停战栗

就像细雨淅沥着把眼泪还给大地
一张纸用肉身答谢了灵魂

这是《逆光》中一首叫《写作》的诗。这表露了诗人对待文字和写作的态度。仅从这首诗即可确认，罗凤鸣作为诗人是确立的。我也因此重新认识了他。

罗凤鸣是个真诚的人。我从新疆调到成都工作后，曾和平召集当年文学社的部分朋友见面一聚，他得知后，从巴中驱车三百多公里赶来。我的小说集《天堂湾》出版后，出版社要在成都做新书推介会，他从微信上看到消息，再次驱车，专门来参加。他出现在现场后，我深感惊喜。活动结束，我打电话给他，他已在返回途中。

罗凤鸣是个低调的人，他把自己的才华深埋内心。他和文坛诗届几无往来，也极少把自己的诗歌拿来发表。他没有半点浮躁之气，面对写作，他心怀虔诚的敬意；面对诗歌，他沉静如水。他偏居巴州，像一个隐修者，静悟诗歌精神。也正是这一点，使他的诗少了做作，没有匠气，有对事物和情感的准确表达，有一种在孤寂中遗世独立的风度。

读过《逆光》之后，我期待读到罗凤鸣新的诗作。但他忙于凡尘琐事，似乎写得很少。当他说欲出版《献辞》，我颇有些吃惊。

这部诗集计收入诗歌141首。均为他近两年来的新作。从诗后落下的日期可知，其中主要是2016年的作品。有时连续数日不间断写作，有时甚至一日两三首，呈阶段性爆发的吟唱状态。他的诗依旧保持了他惯有的风格，但更短，更有意境，如五言七绝，就像他的诗作《练习》：

把天空的云朵去掉
把风中的小鸟去掉
把周围的楼房去掉
把身下的长椅去掉
世上最伟大的画作
就是一张干净的白纸

罗凤鸣在现实生活中没有书生气，可能知道他写诗的人并不多。虽然面对繁琐的人间生活，但他的内心有着孩子般的清澈，他用纯真的眼睛看待大千世界，用敏感的心简洁地道出事物本质，比如他写爱情：

爱情就是一个被反复修改的
病句。如同庸常的生活
无论怎样在纸上展开
终将撕碎，甚至烧毁

但生活并不是只用纯真的目光就能看清楚的。它需要多种视角，需要有力道的眼力。好在罗凤鸣不缺乏这种视角和眼力，就像他在《这个黄昏大概就属于我一个人》所看到的：

我百无聊赖地站在那儿
但并非毫无所获
我正用目光把小草
像刺一样再次一一摁入大地
我正在夜幕合拢以前
完成一次彩排，欣赏一场悲剧

这就是诗歌的力量——它是对切·米沃什所说真理的印证，他说过，“一个清晰的诗节承载的重量/胜过精致散文的整套马车”。

我们都知道，诗坛一直很热闹，在微信时代更是如此。无数的“分行写作者”（霍俊明先生说法）涌上来狂欢，闹剧不断。在这种喧嚣之中，有力而又沉静的写作，无疑是一种格外珍贵的品质。

罗凤鸣的写作正是如此。这也是我愿意为他写下这些浅薄文字的原因。

2017年3月16日　北较场

（卢一萍　小说家，原成都军区文艺创作室副主任、《西南军事文学》杂志副主编，现为《青年作家》杂志副主编）

目录

第一辑　世界

第二辑　移开

| 第三辑　纠缠 |

第一辑

世界

世　界

世界那么大
我独爱一份小

大漠浩瀚，只爱一粒微尘
能够抱着自己骨头的灰烬
自由快乐地飞翔

大海无垠，只爱一滴水珠
能够自己吮吸自己的血液
悄悄把眼角的泪水擦拭

三千大道，只爱一条小径
能够代替其他道路
每天都走在回乡的梦里

2016.12.12

回　来

鸣笛不再带着方言土语多好
速度意外地快过奔跑的时光多好
一副外地牌照
而成为外地的一个当地人多好

可此刻，我要在确信苍老的故乡
还没有完全忘记你的面孔之前
在所有道路还没有完全化掉冰雪之前
就让一辆外地牌照的汽车
八百里加急不浪费一秒地回来

我在想，过年了
故乡想见多少亲人
我就该让多少外地牌照
都平安地回来

2016.11.27

树叶辞

绿嫩引万目仰慕
黄枯遭众脚践踏

春雨滋养你的生命
秋风却要劫走你的尸骨

谁能读懂一片树叶
谁就可以明了人的一生

春天，我要跟一片树叶握手
秋季，我要陪满山树叶安睡

2016.11.19

灰 烬

浪花，是大海奔腾的灰烬
尘沙，是大地飞翔的灰烬

花朵，是春天吐出的灰烬
白雪，是冬季抛洒的灰烬

露珠，是清晨遗留的灰烬
星星，是夜晚燃烧的灰烬

一个人
将灰烬捂在内心……

2016.9.6

雪　后

跟很多人一样，我已看不见许多事物
我只能想起遥遥的一座山
想起它死亡的脸和命运的褶皱
想起倏忽之间就不再青葱的一切

呵欠之余
我庆幸，还能想到
一间小屋。还能想到屋顶的炊烟
多像从山的喉咙，缓缓冒出气来

2016.11.15

傍　晚

归林的鸟那么小
返圈的羊那么小
回家的人那么小
噢！即将熄灭的夕阳那么小
世间的万事万物
都将装入一个黑暗的瓶子

2016.10.10

林　间

无论山风吹得多急
还是多慢
地面的松针
始终像长短不一的时针
总会变幻些什么
总会定格下什么

2016.6.19

赶 路

一只兔一只猫一只狗也是行者
也在急急赶路
只是，它们做梦也没想到
这条被称作公路的公路并不是
可以公用的路
它们不小心走到这条路上
便会撞得头破血流
以致，踏上不归路

2016.6.11

排　队

那么多果实在排队
争先恐后地
要去城里

有的如愿以偿
光鲜于超市
有的
将就于小摊

还有一些，成为另类
在进城的半途
就已腐烂

2016.12.27

距　离

一棵树踮起脚尖一辈子
也不能亲手抚摸蓝天的脸庞

一条船漂荡一辈子
也不能获得大地温暖的拥抱

一阵风奔走一辈子
也不能找到自己栖身的小房

有距离真好
让世界存在更多的妄想……

2015.11.13

练　习

把天空的云朵去掉
把风中的小鸟去掉
把周围的楼房去掉
把身下的长椅去掉
世上最伟大的画作
就是一张干净的白纸

2016.10.11

收　集

收集一坡青草于头顶
收集一颗露珠于眼睛
收集一声婴儿初哭与老人笑声
于张开的耳朵和嘴里

收集一座大山于胸腹
收集一条河流于血管
收集一棵树木
用它的干撑起这辈子
或者，用它软柔的枝
向世界作最后一次道别

2016.10.13

风之语

我们平常所见到的风
大多是能说会道者
有的像身边的大师
总是高谈阔论
有的像单位的同事
偶尔发些职场感慨
有的像醉汉和疯子
在街上竭嘶和怒喊
更多的像家里的亲人
将内心的快乐与疼痛
自然而亲切地倾吐
当然，还有一些
因为一直未语或不能说话
而让我们有意无意地
忽视了它们真实的存在

2016.10.10

水之湄

水流出去不意味着永生
水流回来不意味着永死
水之湄，江之鞘
是崭新起点
还是生命的尽头
一切，都在一念间

2016.10.10

一些乡间事已不值一提

我看到的蓝天，是一张床单
白云，是柔软的被子
我看到的星星，是霓虹
月亮，是空着的盘子

山外青山楼外楼
我和许多人一样
已把这偌大的乡村当作农家乐
旅游一回
午夜之前，我要翻过眼前这座山
还有一座。我要摇摇晃晃地
抵达远处的城市

2016.11.18

晒　场

每到五月和九月
便会想起川北乡村
便会想起一块空旷的石坝
便会想起正在翻晒的小麦
和稻子

有时，并不需太阳的天气
往往在雨里
记忆的麻雀也会飞回那里
偷啄几粒小麦和稻子
填进我酒足饭饱的胃

2015.5.21

不　同

天刚亮就唤鸡崽
乖娃娃一样待在身旁
吃过饭，就急急去找
穿红着绿的庄稼
姊妹们一样嗑家常

或许你不知道
她的白天
看上去悠闲又繁忙
跟孤单的夜里多么不同

2016.11.18

清　静

噼里啪啦，噼里啪啦
村头的狗娃家
久久燃放着鞭炮

早早上床的父亲
像遇到仇家似的
噼里啪啦地说——
这个狗娃，太不懂事
务工一两年才回来
一回来，就要打搅
我们这些老头子
早就习惯了的清静

2016.12.31

安　歇

鸡已不跳。小黑狗
也不再叫。年轻的嫂子
却并未安歇

她在想。身体欠安的
公公婆婆是否安歇
上学的娃娃是否安歇
工地上的他是否安歇

她在想。明天一早
是否就去村头，等那辆
班车，把一个满身包裹的人
送回

2016.12.31

白日梦

我在睡眠里用餐
没力气拒绝
妈妈亲自煮熟的美味
分不清是早餐
还是晚饭

妈妈说
睡觉抱着小枕头
我的力气就会长大
就有力气每天都走进
美丽的梦里

好讨厌
奶奶那双茧手
比我的力气大多了
硬是掀翻
我使劲捂严的被子

2016.6.1

瀑布宣言

是的，我要让大家看到
这个世上仍然存在一道
美丽的疤痕

为此，我将暴露血液
和泪水的源头
之前，它们安静在山塬的高处
或者，一直隐藏在
树木的根里

所以，我并不在意
前程里的所有悬崖
生死看穿，高矮看淡
我要展开三千尺白发
我要用一块块下坠的骨头
砸出世间
最痛的回响

2015.10.12

闭　眼

将眼的火种冰冻起来
不让它在漫长的夜里
发出自燃的声响

将眼的洪水关闸起来
不让它越过午后的昏黄
垂挂在谁的小小窗台

将眼的翅膀折拢起来
不让它因为两颗心的距离太长
而飞翔得疲倦

——这世间太混沌
我不由自主地想捂住双眼

2016.10.13

睡　眠

像个小偷
在夜的掩护之下
掳走喜怒哀乐
爱恨情仇

像个骗子
在光天化日之下
让生灵交出魂魄
沉湎虚空

2015.9.22

雨

所谓的雨，无非是
不用打伞不用戴帽
就能对付的小雨
也无非是，大不了打伞
或者戴帽
就能对付的大雨

街上许多人打伞戴帽
甚至，出着太阳
也要打伞也要戴帽
我很害怕
更多的人把雨的晾衣绳
一直绷在自己的心里

2015.9.1

病　了

每天过街心花园
都会看见一个男孩
跪在人行天桥的出口
他的衣服破烂
好像已有几天没有洗脸
他胸前的纸上写着
他的父亲病了
急需大家帮忙救治

就在马路对面
一个和男孩长得相像的男人
悠闲地站着吐着烟圈
他的衣服光鲜
好像是懒于运动而肚皮微鼓
在天色黑下来的时候
他悠闲地站着，把男孩
跪来的钞票，塞进了怀里

2015.7.26

况 味

压层土，会把小草垫得更高
压层雪，会把小草的病治疗
压块石，会让小草偏偏脖子
照样探出头来

我们这些人哪
压层土，便说土都围到脖子了
压层雪，便说心都冰凉了
压块石，便说人一生浓缩为碑
这辈子盖棺定论了

2016.4.28

终 结

夜里，总有一群失眠者

要么，身子坏了
要么，思想病了

幸好，黎明穿着白大褂
总会及时出现……

2016.1.5

一样的

小草获得的露水是一样的
树木获得的霜雪是一样的
鸟儿获得的微风是一样的

我们获得的智慧是一样的
刚好一罐，半罐的除外
我们获得的爱情是一样的
刚好一世，背弃的除外
我们获得的生命是一样的
刚好一生，夭折的除外……

2015.7.23

犯　错

本以为，一滴水
会落入嘴中
偏偏
落进了眼里

不管是否情愿
犯错
真的是世上
容易发生的事情

2015.7.6

区　别

在小区和公园里
几乎每天都会跟小狗碰面
它们毫不理会我的旁观
也不明白我正努力把它们
跟几只病猫一一区别

2016.7.16

伤　口

星星沉陷于天空的
野花沉落于大地的
一个人，沉迷于
另一个人的

每一个伤口
都会对过去进行一次
慎重的审判
每一个伤口拼拢
才会拼成世界的圆满

2015.7.17

土　坑

少年时
想放进一粒种子
中年时
想放进一棵大树
暮年时
什么都放不进了
只放一块石头，薄薄的

2015.8.7

左　边

童年时左边有一张纸
你最好用右手
拿起一支画笔

青年时左边有一个坑
你最好从右边
绕过去

中年时左边有一个人
你最好把她
送到右面去

暮年时左边有一阵风
你最好独自聆听
荒野的孤独

2015.8.7

叮 嘱

我叮嘱快满八十的母亲
腰板要像大树挺直
不要跌倒
不要奢求谁会扶小草一样
将你扶起

我叮嘱快满四十的妻子
要像鉴别化妆品一样
挑选长满雀斑的水果
挑选带有虫眼的菜叶
让我们像一条条青虫
放心享用

我叮嘱快满十四的女儿
要像喜欢明星一样
追捧你的父母
要像背诵歌词一样
将老师的话语记住

不要推掉一块石板一样
急着推掉书本
不要丢弃废纸一样
随意扔掉现在的时光

我叮嘱人到中年的自己
在习惯往前迈腿时
习惯挥动双手
习惯于一步步，走得更低
走向末路

2016.6.19

打　扰

不要打扰晨练的老人
晓风的手指按摩他们劳累的一生
他们起得愈早
死亡，便离他们愈晚

不要打扰中午出行的孩子
阳光强烈，万物怒放
他们的梦想
还在你我不可及的远方

不要打扰傍晚恋爱的姑娘
此刻，她并不需要一块面包
她希望握住的是一个小伙
带来的勇气

不要打扰深夜写诗的男子
他正把天上的群星
搬到纸上，他不停地
赞美生活。偶尔
诅咒一下自己

2015.7.26

考 验

都说大海不拒细流
我要在离海很远的地方
放置一条小溪
我要看它
在夏天的热情之后
能否不变消瘦
能否，继续奔走

2015.8.13

床

我要一米二的床漂荡异乡
我要一米五的床遇见初恋
我要一米八或者二米的床
承载一段婚姻……

2016.8.30

被 窝

你存在的价值
绝不是被动窝留
生活的疲惫
以及披着爱情外衣的
欲望

我要像医生
关照病人一样
让尽可能多的时光
躺在你怀里
静养

2016.2.21

静　默

大海，偌大的广场
众江河长途而至
交媾，狂欢

礁石站立鼓掌
浪花忍不住尖叫
唯有沙滩
在岸边安然无语

2016.2.28

云是隐忍的

不管你是否注意
云朵真切地待在空中
除非命运的安排
让惊雷说出内心的沉重
让闪电暴露淤青的伤痕
它磕绊一生
也不让自己的情感
雨一样流露

2016.8.29

雨，一直下

雨一直下，从南到北
一些风景被打湿
更多的生命
承受水滴石穿的摧毁
此时，我所有杂念
被冲刷干净
只有感伤
像一双洪水里挣扎的手
总愿连绵不断的雨
成为条条结实的绳索
能够抓住些什么
打捞起什么

2016.7.27

太阳下山了

情愿或者不情愿
它已不能
对这个世界
多看一眼

唯有星星
和露珠
这一个个替身
继续用力
把眼睛睁开

2016.4.9

秘 密

就像说不清一个人
为啥从出生就走向死亡一样
一条条河流
正把自己
片刻不停地搬离源头
搬向远方

正如道不明一个人一生
是长或短，是幸福
还是痛苦一样
我们已分辨不清大海里的
众多河流
究竟是哭泣
还是在纵情歌唱

2016.5.25

出　嫁

那个冬天
二十岁的姐姐
出嫁到十里外的村子
小小的我倚着家门
像恨鬼子一样
看着长长的迎亲队伍
从山垭口远去

这些年，不再年轻的姐姐
出嫁一样
又到了千里之外的广东浙江
和上海
小小的侄儿倚着家门
像盼红军一样
望着姐姐年关时
跟着长长的务工队伍
归来

2016.12.27

秋风，无力喊出雨声的清脆

雨敲黑色瓦片的声音
时而急促时而悠慢
只能动听在
遥远山村的记忆了

此时，风吹秋雨的声音
显得含混，像是告诉
这偌大的城市已难找到
清脆雨声栖落的屋檐

2016.10.27

云朵是漂浮的石头

天上的云朵
是漂浮的石头

它们自由
想去哪儿就到哪儿
它们活泼
悄悄把孤独捂住
它们单纯
把怨言雨一样说出

不因身居高处
叫人仰视
更不会使坏
让人一不小心磕个跟头

天上的云朵像石头
压在某个人的心头

2015.8.14

夏　天

要给这个夏天多一分温暖
好让春天的花香持续
好让秋天的果实快熟
好让冬天的落叶能躲多远
就躲多远

要给这个夏天加一秒速度
好让浩浩荡荡的日子
洪水一样　向着期许奔去
好让幸福的泪水
该往哪里流就往哪里流

2015.7.13

望　外

视线飞不高，也落不远
滑行六十米便弹回来
六十米，刚好是前面空地的
距离，刚好是生活
给予我的距离

目光尽头，同样是修建中的
楼房。那里能听见
熟悉的声音，能看见
沉默的背影。不管
是从哪里来的，他们
与我一样，身份是相同的
目光是一致的

2015.7.16

一些水

其实，再渺小的一滴水
也害怕孤独
也渴望生活风平浪静
也奢求一份静谧的爱情

可是，终有一些水
并不能挽住岸的心壁
它们只能痛哭当歌
终生浪迹

2016.1.6

黑　夜

是否，只有经历过黑夜的人
才会深深喜欢上黑夜

虽然，无边的黝黑
会让眸光黯淡
可是，梦中的星星
始终盯着一座大大的花园

2016.1.14

追　问

绿叶和落叶
是否只能擦肩而过

我看见，消瘦的绿叶
风中掩面
枯老的落叶
卧地不起……

2016.1.17

贪　吃

压箱底藏柜里的零食
都被三岁的侄子翻来吃了
嫂子扬起巴掌
“吃吃吃，你娃就好吃
你妈办酒那年你没吃过？”

也许是贵人多忘事
在外务工的嫂子跟堂哥
回老家办喜宴时
侄子已满周岁了
他真就吃过他爸妈
在大院里摆出的酒席

2016.12.31

三号桥

车流经过
人流经过
宠养的猫流浪的狗经过
时间久了
我们把三号桥
当成一条寻常的街道

只有突发的洪水
将车呀猫呀狗呀
隔在两岸
我们才会想到三号桥
原本是座桥
才会担心
它看来并不结实的墩
能否在洪峰面前
继续一动不动

2015.8.9

卵 石

把眼泪，苦痛和疲倦
吞进肚内
没有人能听见
你无力的饱嗝

急着归来
又匆匆远离
或清或浊的河水
像是儿孙

将你抚摸，或者
用力抱起
傍晚的风
像是情郎

只有我呆立岸边
或者赤足水里
似乎与你无关
似乎，早已忘记人间

2015.8.13

第二辑

移开

移　开

把自己移开点
离开清晨必经的小径
还小草抬头
还道路转身

把自己移开点
离开黄昏郊外的树林
还风景独处
还时间静寂

把自己移开点
离开夜晚幽暗的小屋
还明月肉身
还花蕊泪水

2016.7.7

剥

剥大院的围墙
剥居室的墙壁、门窗
若室内有人
索性剥他的衣裳
剥毛发和皮肤
剥筋络与骨头
剥拳头大小的心脏
我要用剥累了的手
将心脏让血流动的力气
拿到我的心脏
剥，剥，剥
我要不停地剥下去
直到，世界曾被囚禁的
一切，都一一剥出

2016.6.9

杀　鱼

最烦的是将鱼杀了
腌进了盆里
放进了锅里
甚至从锅里舀起
盛进了碗里
吃进了肚里
那双手还是有一股腥味

世上是否有比杀鱼
还让人烦的事情
我把一条鱼杀完
将手洗了一遍
再洗一遍
还是没有洗掉
蹦在脑海的这个问题

2016.6.9

南山南

一些树木已先我来到那里
为了宣示主人的地位
他们秘密将根扎进泥土
一些小草好像喝醉
趔趄着身子长吐绿意
流浪至此的我倒像个绅士
既不与身旁的花朵媲美
也不让振翅的风儿
把内心的什么分担一些

2016.10.10

表　态

并不曾指望招展的树叶
能够像翅膀
将我从困境里带离
现在，对于这些瘫伏在
脚下的树叶
愈加不忍半句埋怨
它们淋到的雨水
已经一场比一场更冷
它们，正承受风的轻佻
无情，以及凛凛杀气

2016.11.8

原　谅

是的，我将继续赶路

就像疾走的风
原谅抽过脊梁的鞭子
就像奔忙的水
原谅插向腰间的刀子
就像漂泊的云
原谅雨的子弹曾射中内心

一个即将远去的人
终会原谅他身后的这个世界

2016.12.4

觉　悟

不可以把黑的说成白的
却能够把白的变成黑的
时值正午，太阳老高老高
当我想起这些句子
我就让眼睛闭上一次
这个世界就果真黑了一次

2016.12.27

看 见

有些事物
借助黑暗才能看见
譬如刚才
我待在黑黑的房里
终于看见
血淋淋的内心

2015.9.25

石　子

同样的石子
我想不同摆布

我要随意抛起
又小心接住
我要用力踢走
又费时找回

我要独自玩转
不轻易把它
扔向谁的脑袋
不轻易把它
丢进谁的心海

2016.10.3

珍　惜

珍惜头发，就是
守护一杆杆桅杆
心疼一根根白骨

终有一天
还满坡青草，也不可能
挽回它的失去

2016.5.5

春　天

一年中
我所获得的春天
最多几月光景

可是，此后的我
却习惯享受与沉迷
我企望人生每一月每一天
都拥有嫩芽的勇气
甚至，在每一刻每一秒
都可以被鲜花一样的温情
紧紧包围

2016.4.13

春　游

要将多少嫩芽打成钉子
才能钉牢快散的骨架
要将多少绿叶制成面板
才能裱上崭新的皮肤
现在，我要狠心地让这些花朵
刨花一样撒得满目皆是
我要让缓缓的河水
为我刷上第二遍漆

2016.4.16

在清明

长裙飘飘的风
一边碎步一边背诵曾经的誓言
赤裸胴体的雨滴
一边拥抱，一边流泪
此刻，我站在小巷的入口
楼上的灯火亮成星星
像是召唤

2016.4.5

这个黄昏大概就属于我一个人

一些事物被山风带走
还有一些，自己已离开这儿
现在，城北的山坡很安静
好像只属于我一个人
我百无聊赖地站在那儿
但并非毫无所获
我正用目光把小草
像刺一样再次一一摁入大地
我正在夜幕合拢以前
完成一次彩排，欣赏一场悲剧

2016.8.26

我就是一株树

在乡下出生
后来移栽到城里
无论如何
我都是一株平常的树
永远顽强地活着
既允许一群鸟儿
在我头顶安家
也盼望一只兔子
能在我的怀里撞死

2016.4.22

失败的瓶子

夜晚，不过是一个失败的瓶子
装不完我的全部

双脚可能还在远方的虚空里伫立
双手可能还在逝去的时光里挥动
双眼可能还在缥缈的风景里搜寻
双耳可能还在嘈杂的角落里谛听

或者，夜晚这个黑色的瓶子
已装下我身体的全部
但是，我思想的飞蛾
仍旧嗡嗡乱飞，根本没有打算
退回到安宁中去

2016.9.27

雨，加深了失眠者的孤独

不知是早有预谋
还是意外
雨对小区的封锁
一直持续

一些雨滴蹑手蹑脚
让人感觉不到半丝异响
一些雨滴急速前闯
咆哮声有恃无恐

此刻，时针已指向半夜
众人纷纷躲进黝黑的梦中
只有失眠的我
试图用眼里的微光
抵御内心的恐惧和孤独

2016.10.3

我相信

雨水可以关于眼睑
惊雷可以闭于唇中
闪电可以藏于胸内

一双手
可以拨开迷雾
一双脚，可以快速跑过
那些坏天气

2016.7.10

孤　独

孤独的夜晚，我发现
一些星星
比我还要孤独

它们在天上
孤独得一点力气也没有
虚空的内心泛有光亮
却易碎破
清冷的眼泪
不能飞走，也不能
随便下落
咫尺天涯的伤忧
真的只有自己才懂

孤独的夜晚，我相信
星星和我
没有什么不同
我们卑微得就像玻璃弹珠
纵然倏忽即逝
也不会让人担心
怎么又莫名其妙地少了一个

2016.7.19

嫌 弃

即或已是众人的一个故人
我也不嫌弃大地皱褶的身体

即或已是尘世的一个背影
我也不嫌弃江河喋喋的话语

即或已是时光的一个记忆
我也不嫌弃风儿时急时缓的气息

2016.2.9

睡　着

是的，我一动不动
并用被子
再次遮住你不忍目睹的丑

你看，我多么乖啊
即便夜里
也守着一丝清醒和怯懦

2016.4.21

晚　安

一个人对另一个人说
有时需要好多理由
有时，却并没缘由
就像一朵云
跟另一朵云相遇
我们听见隆隆的雷声
由远及近地传来

其实，许多时候说晚安
不一定要到晚上
有时候明明天才亮
双眼一睁开
我们就像把憋得太久的眼泪
流出来一样，把晚安两字
送出去

2016.1.1

美　梦

不用一枪一刃
就能伐倒众人
就能扒掉众人的伪装
就能剜去伪装下的疤痕

我被这个美梦
所吸引
倏忽间
一个个白昼成为背影

2016.1.2

小　鸟

这只小鸟跟儿时的我
可能遇见过
这么多年，似乎
没有丁点改变
以至，整整一个下午
我都未能发现什么不同
它依旧飞落在老家的院里
它依旧喜欢唧唧的哼唱
它褐色的羽毛
依旧沾满了春光
也许，它已留意到
一个孤独的
满怀心事的
四十岁的男人
在对它留意
现在，这只小鸟
一边啄食
一边把我从头到脚
细细打量……

2016.3.3

障　碍

奔忙一生的河水
要回到源头
那些经历过的滩堤
会不会成为
再也越不过的障碍

总是追寻别人的风儿
要找回自己
那些用力抱过的树
轻轻吻过的草
会不会成为
再也越不过的障碍

现在，把一些人和事推开
我要越过所有障碍
把自己像婴儿一样
好好爱一遍

2016.4.22

空　旷

如果把一些云朵搬走
天空就会显得愈加宽广
如果把一些山峦搬走
大地就会显得愈加苍茫

可我，真的是个异类
这么多年，从心里
不停搬走一些人和事
却始终显不出空旷的样子

2016.8.18

习 惯

进城以来养成一个习惯
睡前总要查看窗户
生怕没留透气的缝

还是老家好啊
青瓦屋顶
总会把生命的缝隙开启

2016.4.28

阴　天

天空，不惊不喜
无哭无泪

就像一个人
苍茫一生
难逢一次平静

2016.7.2

哭

我哭。忍不住地哭
因为万千个理由
甚至，没有理由

我哭。忍不住地哭
除了眼泪滚烫外
其余，都是冰冷的

我哭。忍不住地哭
是否你会在哭里笑着
笑里，流出泪来……

2016.5.8

喝　酒

喝着喝着
往往天就黑了

酒瓶的倒影
常常成为
一个人的背影

2016.1.3

累　了

此刻
既放任东方的日出
也纵容西边的雨落
我再也不愿挪动
哪怕一小片的光阴
即便就此睡去
也无心做上一小会的梦

2016.7.16

乖孩子

在我很小时
爸爸妈妈就指望
我长大能够走出大山远远的
做个乖孩子

这么多年
我越走离家越远
却发觉，离家越远的孩子
可能越不是一个乖孩子

2016.12.31

还　乡

如果仔细观察
你会发现
我回乡的步伐
要比离开时
明显快些

假若你再思考
又会迟疑
只是瞬间
我竟在一场梦里
好多次来回

2015.10.2

狗 叫

半夜，一只狗叫
特别大声
像是对着整个城市吵架

一个失眠已久的男子
披衣起床
索性打开四楼的窗户

他为自己一直失眠
却不能像狗
肆意大叫而更加烦躁

黑暗里的他瞪着双眼
甚至有了要跟那只小狗
对着大吵的冲动

2015.4.18

静

像一面镜子
内心再惆怅
也禁不住
世界的一丝光亮

愈平静，愈能
把一些人和事
看清

2016.7.19

匿

吹绿春
吹蓝夏
吹黄秋
吹白冬
风，似乎从来没有
将自己吹拂

这像不像一个人
从童年
走到暮年
无论经历多少
仍像从没起步

2016.8.18

落

一滴水珠
从空中落下来
才能被干渴的春天
和久旱的夏天接住

一粒石子
从空中落下来
才能得到一份
实在的安稳

一个人
从空中落下来
才能不被当作
轻浮之徒

2016.8.19

活

当他念到这个字
就证明还没死
即或，只剩病疾的身体
只有枯萎的爱情

当他念到这个字
就证明还可用今天的清晨
去告别昨天的清晨
即或，丢失了过去

当他念到这个字
就证明还可以继续哀怨
即或，他认为已经死了
但是，还有一副被尘世容留的躯壳

2016.8.19

告　别

坐着时
请爱我的人瞬间绕过
让我，再也看不到她的面容
以及背影

站起时
请恨我的人在背后
快速把椅子拿掉
让我，再也不能安稳
再也回不到过去

行走时
请众人藏匿
让我再也遇不到一个好人
再也寻不到半个坏人

躺下时
请把激情的煤、思想的光
以及爱情的花瓣
全部撒给别人
此时，我已自己剥光自己
闭紧了窗棂

2016.9.2

偶然想到

此时的微风
是否只围着我一个人打转
而忘了奔赴远方，忘了把希望的种子
送给更多等待幸福的人

此时的细雨
是否只顾着清洗我的丑脸
而忘了落到地上，忘了守候爱情的人们
内心无比焦渴

此时的惊雷
是否只悄悄唤醒我的耳朵
而忘了那些沉睡者，忘了他们至今还陷在
浑浑噩噩的过去

此时的闪电
是否只忙着照亮我的双眼
而忘了那些苦闷的人，忘了心灵的囚室
需要一把明亮的钥匙才能打开

现在，我能偶然想到这些
或许证明，我已不再是一个孤单的人了

2016.9.16

允许我

允许我的身子像岸边的水草
仍旧挽留匆匆的过往

允许我的灵魂跟着流水奔跑
继续发出浅浅的吟唱

允许我在你的心底留下沙子
然后向东，走完一生的行程

2016.12.20

喜　欢

天气预报像一位媒人
提前告诉
一场雨将要来临

现在，雨从西边下了过来
看样子有些激切
以致在郊区只停留小会儿
就穿过了热闹的街心花园

我喜欢上它的准时
喜欢上它柔弱却倔强的样子
我不知道
它是否会喜欢上我
喜欢上这个院子
但我还是满怀欣喜地
把它带进小区的大门

2016.9.17

犯　贱

无论初一还是十五
我愿意把心从太阳的身上
十分痛苦地撤回来

我希望，不再相信她
天一亮就许下的炽热承诺
不再挽回她
黄昏时留下的冰凉背影

可我，终究是个犯贱的人
无论初一还是十五
还是盼着月亮像太阳一样
能够看见我在夜里的寂苦

2016.10.30

任性是一粒沙子

请拦住一对赤脚
别给她激情
我怕我的身体热血沸腾
会把她烫得掉皮

请拒绝一双鞋子
别给他承诺
我怕我的世界突然塌陷
会让他的愿望落空

我已执迷于自己的歧途
不再考虑别人的感受
不再在意别人的眼里
是否还容得下我

现在，我已随一阵风流浪
我已厌倦躺在大海怀里
流泪，或者歌唱

2016.10.25

如果你还有什么给我

不能给得太轻
太轻就会像漂浮的云朵
即使伸手
也难以捕捉

也不能给得过重
过重就会像沉甸甸的石头
即使俯身
也难以搬动

最好，像雾可以把秘密隐藏
像风可以让快乐翱翔
或者像雨，可以煮就
一杯令我醺醉的陈酿

2016.9.13

我要和风做朋友

我要和风做朋友
我要满心接受它
三月的温柔
六月的抚慰
九月的沉稳
十二月的疯狂

我要和风做朋友
我要真心给予它
最长久的陪伴
最短暂的孤独
最沉重的懂得
最轻盈的怀想

我要和风做朋友
我们赤条条来
又赤裸裸去……

2016.3.2

雨的绳索

奔走过的街道
栖住过的小区
偶尔碰面的小花小草
几株大树
已经淋湿后背
可是，一个内心经常下雨的人
好像并不需要一把雨伞
他想用力抓住一串雨水
顺藤摸根地回到
他所向往的天堂
雨的绳索
似乎要缩结他日渐麻木的余生

2016.8.17

一扇门

不是我的父亲，也不是兄弟
不是朋友
也不是我的敌人

天一亮，就赶我离家
傍晚，又总提醒
天都黑了干吗不回

不是我的母亲，也不是姐妹
不是妻子
也不是我的情人

我贼一样的手
屡屡伸向她的怀里
却害怕又一次触及她的体温

2015.10.3

诉　说

风儿啊
何时停下来歇息
何时还世界以安静
雨水啊
何时学会隐身
何时让一杯尘土自由飞腾
惊雷啊
就在我的喉咙再待会儿吧
生怕你对谁一喊
便迎来闪电的锋刃……

2016.2.3

愿　望

蓝天对白云说
你想去哪就去哪
如果累了
就在我的怀里
静静待会儿

而我，是一枚
黑色的煤矸石
在土里睡得太久
已经懒得
让那些心事
火花一样亮一下

2016.2.19

归　途

每次回老家，都会房前屋后
慢慢地走一段——
生怕，那些田埂久未人走
会更加佝偻，身颤颤
生怕，那些花呀草呀
久未招呼，会感觉孤独
心慌慌……

2016.7.13

四十岁

跨进这个年龄
便老是想到八十岁
一百二十岁
便老是感觉自己还年轻
还有二分之一，甚至
三分之二的日子
可以花费

2015.4.5

未来将来

再细小的一枚针头
都会找不到血管
再宽大的一块石头
都不能榨出丁点水分
未来已来
我终骨瘦如柴
任凭一柄斧子
将灵魂剖开
并且鉴定出好坏
任凭一根火柴
将肉身灼痛、点燃
交还尘世
灰飞烟灭的释然

2016.3.3

第三辑

纠缠

做　梦

乡下的母亲又病了
奇怪的是，我不是患者的家属
却是一个白衫医者
微闭双眼，坐在旧木椅上
细心把脉

我常会入迷
仿佛自己不再是游子
而是个司机
要么开着私家的小车
要么开着大大的货车
要么开着牛逼的火车
正拉着满满的药材
向一个深山坳奔去

2016.2.17

这么快

这么快，就让一对乳房
像经历小偷洗劫过的
两个空瘪的口袋

这么快，就让一双巧手
像两只用久的筷子
快要挑不起沉重的生活

这么快，就要把你赶往
另一个世界。这么快
这么快，这么快的
泪水就灌进了我的双眼

2016.9.6

交 换

我把商厦里的衣物
超市中的奶粉糖果
带些回去
然后，又将她园里
新鲜的蔬菜
贮存在小缸的鸡蛋
拿些回来

我们似乎已乐于
这种交换
诚信，无欺
都感觉
各自赚到好多好多

2016.5.2

喊父亲

我站着喊
那山会不会像道屏风立着
我睡着喊
那山会不会像床绒毯躺着
我远远地喊
那山会不会像座冰山
缓缓漂起来……

2016.9.6

死　掉

害怕弄脏你洁白的牙齿
不忍你刀子继续地战栗
我要将鲜丽的外衣褪掉
将满身的肌肉烂掉
直至，砸不碎的内心
直至，内心也停止了跳动
直至，余下的我
完完全全地死在你的掌里

2016.6.26

清　明

曾经的邻居，现在
还是凑在一起
今天，你家子孙回来
焚香烧纸，用阵阵鞭炮
和耳背的你说话
我也高兴。见着这些
邻家孩子，我就让坟头的
小草，努力伸长一寸脖子
我就过节一样
可能望见我的后辈

2016.4.4

纠　缠

他望着天空，看见
云正纠缠着云
云互相抱着用旧的身体
云的心里怀满雨意

他望着天空，丝毫不知
身旁的风正把另一阵风纠缠
“一阵风的心跳里，跳着
另一阵风的心跳。”
“一阵风的喘息中，
夹着另一阵风的喘息……”

他望着天空，太久
他忘了，刚才自己
还狠狠地
把某个人纠缠

2016.12.19

交　谈

让手，像宽大的树叶
拂过妻子腹部
拂过一垄平地
一座高原

整个世界
就会传出我、妻子
以及亲亲宝贝
动听如森林里的鸟语

2016.1.3

战　书

我决定，放过你的童年少年
俘虏你的青年
我要押着你的中年与老年
通过世间道道关卡
最后埋伏进一丘黄土

我决定，现在起
收刀入鞘，卸枪入怀
赤手空拳地
赢得此生的关键一战

2016.9.24

岸　然

那微风，本想撩动你的花裙
却故意跑到阳台上打转转
那细雨，本想亲吻你的脸颊
却故意把小区湿遍
那惊雷，本想给你说句悄悄话
却故意在广场上空扯着大嗓门
那闪电，本想跟你捉迷藏
却故意把雪亮的发夹向整个城市露出来

多像我，明明想靠近你
却故意背影对你
明明想给你一封私信
却故意写下这首全世界都知道的小诗

2016.7.19

热　情

三分钟就足够

我们对视
目光一分钟后躲开
他们就能彼此认识并熟悉

我们抬头
浮云一分钟后飘走
他们就能给心腾出一丝光亮

我们转身
长椅上的风一分钟后消失
他们就能把幸福
像怀念一样带走

2016.9.22

唠 叨

该换厚的被子了
该加新的衣服了
该用取暖的火炉了

电话里的唠叨
让我想起她在乡下
可能没换厚的被子
很晚才能入睡
可能没穿新的衣服
感冒早早发作
可能没生火炉
感觉加倍地孤冷

2016.11.22

献　辞

假如我是一片雪花
我也绝不敢说我很美丽
纵然我的身世清白
纵然，我对你的心
百分之百纯净

你长久的冷漠
终会让我内疚
毕竟，我轻轻的来临
并未让你翘盼到暖意
反而，一片一片加重了寒冷

所以，即使我是一片雪花
我也绝不原谅自己的孱弱
请你抹去我留下的泪痕
请你，用一瓣瓣桃花
埋葬掉我瘦小的背影

2016.9.25

相 信

天空像倒扣的铁锅
无论眸光怎样燃烧
都不能将雨水煮热
亲爱的，要原谅
天空的晦暗，这不是它所愿
要原谅冷雨漏下来
它可能已无法太多承担

既然，这雨已走进你我
我们就相信雷鸣的话语
就相信闪电的光芒
就把爱的火种继续守住

2016.9.18

高　处

好不容易登到高处
你惊叹
外面好多的山啊
我却一直在心虚
担心脚下松动的石头
落到山谷
刚好阻到另外两人
赶往高处

2016.8.13

意 外

我是讨厌意外的。可是
我却要接受现在的结局
原本想给你汹涌激情
谁知，心血哗哗流走
你的心堤只留下
我泥沙一样的疲惫
而且，岁月愈久
沉得愈深，沉得愈多

2016.7.18

醒　后

梦里
一会儿出现
你晴朗的左脸
一会儿出现
你泪水的右脸

醒后
我不知该记住你的左脸
还是右脸
我在想
你的左脸和右脸
都该记住
也许，只有这样
我才算记住了
你的全部

2016.5.5

平 衡

未来的路像跷跷板
我在前面走
你必须跟在后面
如果你不来
我们的人生
也许就不能平衡

2016.7.25

伤　害

把你对我的伤害
全当成你对别人的伤害
而我，只是一个旁观者
把你对我的伤害
全当成曾经我对你的伤害
而你，也是一个受害者

或者，把你对我的伤害
全推迟到将来
把你对我的伤害
全当成无意、意外
这样，你对我的伤害
兴许真的就不会成为伤害

2016.7.28

写　信

我是个懒惰的人
只是偶尔给你写信
每次提笔写下你的名字
写下“你好”两字之后
便很少继续下文

我常常责怪自己
为何不能成为勤快的人
为何不能在每次想你时
就给你写信
哪怕会每天都写
哪怕会每封信
都要尽可能写得长一些

2016.8.8

对　话

你除了写写画画，
还能干点什么呢？
我凡事专一，
除此就再也没什么可干了。
你真让人可怜，
命运总是握在别人的手里。
我对这职业很是感激，
让我因此遇见了你。
你经常废话与谎言，
怎能相信你是真心？
我希望时间证明一切，
我要你身上留下我爱的吻痕。

终于，纸与笔对话完了。
纸慵懒地摊开单薄的身子，
笔无力地躺在纸的怀里。
它们似乎静静睡去，
又像陷入了更大的沉默……

2016.8.11

觑 觎

两根香蕉
卧在茶几上
一副谁也离不了谁的样子
我在不远的沙发上
一边看电视
一边偷窥
当我从这部爱情剧里
回过神来
它们早已躲进妻子的胃里

2015.6.16

渺　小

春天，只是一枚小小的嫩芽
夏天，只是一粒小小的汗珠
秋天，只是一颗小小的稻谷
冬天，只是一瓣小小的雪花

你，刚好能够住进我小小的心房
我，刚好可以穿过你思念的小小针孔

2016.7.17

这一生分四次爱你

这一生分四次爱你
第一次，爱你来到身边
让我知道春天的来临
第二次，爱你的热情
让我知道，有一种付出
流再多汗水也值得
第三次，爱你沧桑的身体
让我知道，我将以苍老相依
第四次，爱你最终的离开
让我知道，寒冷岁月里
我必须自己抱紧自己

2016.9.9

不要试图解释爱情

不要试图解释。虽然
你揣有修辞的力量
坦白讲，有些是非语法的
标准答案是非唯一的
爱情就是一个被反复修改的
病句。如同庸常的生活
无论怎样在纸上展开
终将撕碎，甚至烧毁

2016.7.13

像稻草人一样爱你

虽然你是白富美
可我不是高富帅
众人眼里
我特瘦，又个矮

急风吹着
骤雨下着
大雪飘着
我就待在空旷里
直到满脸皱纹
直到没心没肺
直到，你也爱上
一个为了爱
而不愿回家的人

2016.4.21

树的爱情我们不懂

两株杨柳待在池边
并不忌讳众人面前耳鬓厮磨
而院里的两棵楠树
同穿绿色衣裳
同佩别致的小花
甚至，同在风中跳舞
却始终保持
两米左右的距离

杨柳与楠树的爱情
我们似乎看懂一些
又似乎什么也没有看懂

2016.7.18

如果我是把扇子

曾为你驱赶蚊蝇与飞虫
曾送你清风一般的快乐
夏天之后
我的心扉便悄然关闭
如同合拢的折扇
习惯于隐忍

所以，请你原谅我
即使还像扇子一样
伴在左右
但我，却不再为你
展开巴掌那么大的
一块天空

2016.8.4

爱情是一场战争

所谓爱情，好像一场战争
无论发起的初衷怎样
结果不外乎几种
要么，百年结盟
打败所有第三者
要么，一方获胜
俘获对方身体
虏取对方的魂灵
或者，获取身体
与魂灵的一部分
要么，两败俱伤
而这个最坏的结局
你我都不忍用诗句表述

2016.3.5

花　语

如果我知道，你来时
会走得很辛苦
我就不会站在小径旁
我会直接站在你室内的瓶里
让你抬头便能看见
低头，也能看见

2016.7.18

听与讲

不知何时开始
你就变得唠叨起来
从现在到过去　从过去到现在
一件一件的
好像总是没有讲完的时候

不知何时开始
我就变得沉默起来
从开头到结尾　从结尾到开头
一句一句的
生怕到了我听完的一刻

2016.4.5

譬喻

如果你像一棵树
那么，我就像一缕风
你花的香气跟我无关
你果的甜蜜
也跟我没有丝毫关联
可我，仍想撩抚你的叶
让你添一份妩媚
仍想牵扯你的枝
让你不再囿于深深孤寂

虽然，不能长久与你偎依
不能让你随我远走
亭亭的你就像一棵大树
而我，也要像一缕风
从你身旁缓缓经过

2016.4.19

谢 谢

不知道是不是真话
还是让这两个字
跟着你模糊的背影
趔趄而去
似乎，在冷风里
这样的结局
真的就很美好

2016.11.20

回　赠

我将一枝玫瑰
微信给你
很快，你微信里
回我一枝玫瑰
我想，我爱你
和你爱我
可能是一样的

可是，你却慷慨地
给我回了两枝玫瑰
我想，我爱你
和你爱我
可能就不再是
一样的了

2016.12.8

评

他与诗歌纠缠了半生

——写在罗凤鸣诗集《献辞》出版之际

·张万林·

罗凤鸣不算一个勤奋的诗人，近年来少有诗作发表，也少去圈子里混迹，游离于外，以至于圈内人对他越来越陌生。这个少年成名的诗人看似远离了诗坛，但他并没有放弃对诗歌的热爱和眷顾。继2014年推出第二部诗集《逆光》之后，2017年拟出新集《献辞》。他用作品集来宣示作为一个诗人的存在。

创作是个体行为，很多诗人用微信公众平台和可用的一切手段刷存在感，而他不，他用传统的手段，把一首首自己的诗作，小心地收拢起来，达到结集的数量时，一股脑儿地端出来，让我们瞧个够。他是一个守陈的诗人，固守着诗歌的传统，不在手法与语词上过多地追逐潮流，用情用性用自己的思想去成就他那些小巧玲珑之作。他对当下很多靠手法和词语的变化却无内在诗意的诗作很有微词。而我们今天的诗人写作确实遇到了尴尬，一方面，我们努力在手法与词语上引领潮流，让诗歌有了当下的语境；一方面，我们的诗歌却越来越不受读者待见，读者对我们的诗歌并不感兴趣，因为读不懂，因为没有诗意，因为没有内在的意蕴和思想的表达。诗言志，志在哪里，一直是当下诗人们并不愿意正视的。唐代诗人中白居易的诗歌以晓畅清新著称，通俗到妇孺皆能敲盆而唱，他的诗作流传千古，不影响他成为一个伟大诗人。当代的汪国真，诗人们总不愿意承认他是诗人，但，他却影响了几代人，至今还有粉丝在，这说明了什么呢？诗歌是文学艺术，是其内在的魅力打动了读者，而不是外在的形式粉饰了人心。诗歌要不要技巧，要不要形式？要不要随时代而前行？这都不是问题，关键是我们如何让技巧服从于规律，让形式服务于内容，让时代的变化切合到文学的本意。女诗人敬丹樱的诗小巧玲珑，技巧形式与诗意结合得很好，让大家信服，说明我们很多诗人只在意技巧与形式，不注意诗意本身。

《献辞》是诗人罗凤鸣近一年来的新作，分为“世界”“移开”“纠缠”三个篇章，诗歌140余首，诗作短小，手法简单，但诗意和思想的表达并不那么单一，有着诗人对这个世界、人情和事理的洞见和表达。其中“世界”一辑，写出了诗人对这个世界的一些认知与感悟。“鸣笛不再带着方言土语多好/速度意外地快过奔跑的时光多好/一副外地牌照/而成为外地的一个当地人多好//可此刻，我要在确信苍老的故乡/还没有完全忘记你的面孔之前/在所有道路还没有完全化掉冰雪之前/就让一辆外地牌照的汽车/八百里加急不浪费一秒地回来//我在想，过年了/故乡想见多少亲人/我就该让多少外地牌照/都平安地回来”这些诗句传统吗？传统，但他表达的故乡情是那么的温馨。《回来》这首诗很打动人，寄望游子融入到当地生活中去，又渴望他们在冰雪化掉前，“八百里加急不浪费一秒地回来”，写出了故乡对游子归乡的深切思念。“春天，我要跟一片树叶握手/秋季，我要陪满山树叶安睡”（《树叶辞》）则是诗意与人性的体现。“三千大道，只爱一条小径/能够代替其他道路/每天都走在回乡的梦里”（《世界》），这里写出了作者对故乡的眷恋。

“移开”一辑，则是诗人对这个世界的一些思考与洞见，有着自然主义的色彩。“把自己移开点/离开清晨必经的小径/还小草抬头/还道路转身//把自己移开点/离开黄昏郊外的树林/还风景独处/还时间静寂//把自己移开点/离开夜晚幽暗小屋/还明月肉身/还花蕊泪水”（《移开》），这首诗写得很现代，不再是诗人原有的路数，有了当年北岛的风格。诗人对这个世界发出了呐喊，我们介入自然太多，已经妨碍了大自然的生活和生存。《南山南》《剥》这些诗都有着作者强烈的自然主义意识，表达了他对人类和人子们的不满意，这些诗作，超越了一个诗人为写而写的本能，有着一个诗人对这个世界的态度和意见。

“纠缠”一辑，则是作者抒发对亲人和爱人的情怀。作者对母亲有着深深的热爱，对母爱有着天然的敏感，《这么快》《唠叨》等诗作大量地写到母亲母爱，深沉而又感伤。“乡下的母亲又病了/奇怪的是，我不是患者的家属/却是一个白衫医者/微闭双眼，坐在旧木椅上/细心把脉//我常会入迷/仿佛自己不再是游子/而是个司机/要么开着私家的小车/要么开着大大的货车/要么开着牛逼的火车/正拉着满满的药材/向一个深山坳奔去”（《做梦》），这首诗深深地震撼了我，一个儿子对母亲的爱达到了怎样的程度？为了母亲，我可以变为一个医生，一个司机。一个小车不够，还可以是货车，一个货车不够，可以是更牛的火车，“拉着满满的药材”“向一个深山坳奔去”，为了母亲，多么的急切！诗人的情怀是何等的打动人心。这些诗作是那些用技巧说话的诗可以达到的情怀吗？诗人长期寄居于城市中，难以时时见到远在故乡的母亲，诗人无以消解对母亲的思念，就用这些诗作来表达着那份深深的无奈的爱。

当年的少年诗人，如今白发频添，人到中年，既无作一个大诗人的迫切愿望，也没有要当个专业写手的雄心，但热爱诗歌的本分未失，一颗对诗歌守望的初心还在。正如他的一首《纠缠》诗作所呈现的那种心理一样，诗人总是葆有着热爱诗歌的真情，不赶趟，不跟潮，也不落下太远的距离，总是被诗情纠缠，总是对这个世界和生活有着诗意的牵扯，也有着一份诗意的表达。有了这份牵扯，还需要作更多的说明吗？不需要了，就这样如此多姿地走下去吧，诗意就在你的身边。

2017年2月17日星期五于白云台

（**张万林**　四川省作家协会会员、四川省评论家协会会员、四川省民间文艺家协会会员、四川省网络作家协会会员，巴中市作家协会副主席）

我有一个小世界

——读罗凤鸣诗集《献辞》

· 李国军 ·

我赞同这样一种创作观，真正美好、深入人心的作品，都是直面人类最隐秘的精神和生命体验，满含着人生、生命意味的思考和拷问。读罗凤鸣先生的诗集《献辞》，我就有这样的感觉。

诗歌是关乎情感和灵魂的艺术。美好的诗歌作品大都来自诗人生命最隐秘的内心感触。在《献辞》中，诗人将自己精神和生命的体验，以理性或直白的方式呈现出来，在读者看来，更多流露的诗人内心的焦灼和疼痛，对现实世界种种不足的诟病和对美好生活的希冀。“这世间太混沌/我不由自主地想捂住双眼。”（《闭眼》）这样直白的表达虽显得直接，诗人内心的焦灼和急切却一览无余。“我很害怕/更多的人把雨的晾衣绳/一直绷在自己的心里。”（《雨》）生命一直在雨季里，哪能享受到人生的灿烂和阳光。诗人心怀悲悯，希望人间充满快乐和温暖，即使“身子坏了”，“思想病了”，也没有什么可怕，因为，“黎明穿着白大褂/总会及时出现。”（《终结》）忧伤和不幸都会被阳光终结。

深入内心的诗歌，不是尽量向外延展，而是尽力向内收回，回到诗人最柔软的内心。这样的作品，源于诗人经历的现实生活加诸内心的映照和折射，他俯身下视，体察着庸碌的现实，怀着悲悯和疼痛，诗心自用，自能婉切动人。大千世界均归于我心，还世界一个小，或许，更能体征世界之大。

现实太喧嚣，很少有人能守住心灵中那一个小。万象纷纭，诗人自岿然不动。从《献辞》里，我看到了诗人世界的“小”。这小是那么柔软，温情，噙着真诚和疼痛。“三千大道，只爱一条小径/能够代替其他道路/每天都走在回乡的梦里。”（《世界》）“故乡想见多少亲人/我就让多少外地牌照/都平安地回来。”（《回来》）怀乡和忆旧是诗人念念在兹的主题，诗人满怀深情，为了回乡，甚至做起了“白日梦”。与其说是怀乡，不如说的诗人怀念并珍惜生命过往里的那些纯真和美好。离开是为了回来，为了那些从未走出的人，为了那些再也回不去的人。

诗人绝缘了时下诗坛那种无病呻吟的矫揉造作，诗歌大多简短内敛，却充满了对人生意义的追索。我以为，不管诗歌怎么发展，那种没有思考和思想的写作始终是苍白的，也是毫无意义的。罗凤鸣不，他的诗歌满含着强烈的思辨情味，“春天，我要跟一片树叶握手/秋季，我要陪满山树叶安睡”（《树叶辞》）。诗人的理想就那么简单，但现实生活难以让他安心地做梦，留守妇女“她的白天/看上去悠闲又繁忙/跟孤单的夜里多么不同”（《不同》），生活的缺憾让他嗟叹，“一个和男孩长得相像的男人……在天色黑下来的时候/他悠闲地站着，把男孩/跪来的钞票，塞进了怀里。”（《病了》）社会的丑恶让他愤懑。所以，诗人语重心长地叮嘱家人，更叮嘱自己“在习惯往前迈腿时/习惯挥动双手/习惯于一步步，走得更低”（《叮嘱》），谦恭、善良地活着，不惊扰这个世界，也不惊扰自己。

罗凤鸣是我的学长，工作后参加的第一次文学活动，就是他带着我，这也让我最终把写作当成了自己一生行走的姿态。记得他说过一句话：“写作是需要才情的，并不是每个人都有。如果你有那么一点才情，恰好你也喜欢写作，那就好好坚持下去，不要辜负。”

这么说来，他的献辞，是献给这个他确定要终老一生的小城，献给“要翻过一座山/还有一座”念念在心遥远但温情的故乡，献给他挚爱的亲人，献给人近中年回归创作的他自己。

2017年3月19日

（李国军　笔名石子舟，四川省作家协会会员，巴中市小说学会副会长、秘书长，巴州区作家协会副主席，《巴州文化》副主编。）

把群星搬到纸上的人

——近读罗凤鸣诗集《献辞》

·孙梓文·

不要打扰深夜写诗的男子
他正把天上的群星
搬到纸上，他不停地
赞美生活。偶尔
诅咒一下自己

三月。春夜。读到凤鸣先生诗集《献辞》中这首《打扰》，不禁莞尔。自2014年读到他的诗集《逆光》，便想写点什么。这不，诗人自己把标题都拟好了。

凤鸣先生就是这样有趣的人。写诗赞美生活，喝酒自己先醉。总是对生活有话要说，却也对生活保持着极大的克制，这样克制的结果，就是“偶尔，诅咒一下自己”。你说，这样的人做你的朋友，很够意思吧，何况又是一个18岁就出版过诗集的资深诗人呢！

其实，《逆光》也罢，《献辞》也罢，《岁月的回声》都是不能绕开的源头。虽然，我没有读到过《岁月的回声》，但也能想象得到那个时候的少年踌躇满志的样子。岁月已经如河流走远，但是，那从岁月深处飘来的回声，依然激荡在胸间。年少有梦，这是人生必将经历的关口。而且，梦想的种子一旦种下，终有破土发芽的一天。《逆光》的呈现，就是凤鸣先生的回归，就是他与梦想的重逢。

这一点，我感同身受。凤鸣先生在青青校园奋笔疾书的时候，我也在校园里用文学的光芒安抚梦想。经年有痛，为生计奔忙，诗歌只是在自己的日记本上安家落户，仿佛远山深处不被人记起的瓦屋。即使这些年，我终于回归到文学的原乡，但是，俗事重重，总是难以逃离。如今，在为凤鸣先生完成诗歌三部曲叫好的同时，我也从他身上感受到关乎文学关乎诗歌以外的自信和勇气。

而且，凤鸣先生一旦完成逆光般的回归，那劲头就势不可挡，短短一年的沉寂，反思，蓄势，突破，他又捧出了《献辞》的惊艳，其诗艺的成熟和表达的娴熟，常常令我击节，从而让这些读诗的春夜，倍感温暖和亲切，仿佛那些写诗的夜晚，我们一起倾听彼此的内心，从诗歌以外，到诗歌以内。

凤鸣先生的诗歌，呈现出一种节制之美。随便翻到哪一页哪一首，都给人这种强烈的感受。这不仅表现在诗歌文本的精短上，而且体现在表达的意境上。如《树叶辞》中“谁能读懂一片树叶/谁就可以明了人的一生//春天，我要跟一片树叶握手/秋季，我要陪满山树叶安睡”。即便从树叶中感悟到命运的无情，诗人也很节制地表达着一种悲悯，而没有过多地流连在人生的感慨之中。诗人在诗歌形式和意义上，追求的是一箭射中靶心，绝不虚晃一枪，也绝不拖泥带水。这与诗人的诗学理念是一脉相承的。他曾经尖锐地批评过这种现象：“长期以来，我们的诗界沾染上一种多愁善感的习气，一种在困难面前在荣誉面前都摆出一副夸张架势的习气。”[①]我之所以把这一点拿到最前面来说，也是赞同诗人对诗歌文本节制而自然表达的赞同。很多诗人，往往难以打开情感的闸门，但是，一旦打开，往往又控制不住，任性而为，任意无为。写诗与做人一样，节制，适当做些减法，很有必要，不要一味喋喋不休。“现在，把一些人和事推

①罗凤鸣《我看当下的诗歌》，《逆光》，中国文联出版社，2014年6月第1版，第122页。

开/我要越过所有障碍/把自己像婴儿一样/好好爱一遍”。在《障碍》一诗中，诗人就对其秉持的诗歌美学进行了直接的表白。

乡下的母亲又病了
奇怪的是，我不是患者的家属
却是一个白衫医者
微闭双眼，坐在旧木椅上
细心把脉

我常会入迷
仿佛自己不再是游子
而是个司机
要么开着私家的小车
要么开着大大的货车
要么开着牛逼的火车
正拉着满满的药材
向一个深山坳奔去

《做梦》这首诗把对母亲患病的担忧写得荡气回肠，令人肝肠为之寸断。但却是那样克制和节制。正是这种节制，让人体会到作为儿女的那种焦躁不安，那种无能为力，那种母子连心的疯狂无依。

凤鸣先生的诗歌，呈现出一种发现之美。“如果不能确认一首诗是以自身作为乐器诞生，或者，如果它只是谱架上的再次重复，我想，对其声音的认领就毫无意义”[②]。诗歌说到底，其实就是发现。这在凤鸣先生的诗集中得到了充分的印证。作者善于运用寓言的表达形式和空灵的镜头语言，诠释着生命的体验和发现。“归林的鸟那么小/返圈的羊那么小/回家的人那么小/噢！即将熄灭的夕阳那么小/世间的万事万物/都将装入一个黑暗的瓶子”（《傍晚》）。写傍晚的题材很多，但这一种表达，让人耳目一新。“一只兔一只猫一只狗也是行者/也在急急赶路/只是，它们做梦也没想到/这条被称作公路的公路并不是/可以公用的路/它们不小心走到这条路上/便会撞得头破血流/以致，踏上不归路”（《赶路》）。这样的诗作，关注现实，针砭时弊，没有风月，却一样令人得到诗歌的安慰与治疗。即使是写对于巴中人来说再熟悉不过的“三号桥”，作者也一样针灸着人们麻木的神经，唤醒着人们现实的危机感，重新激活对生命日常的关注，或许，诗歌中还有更深的意思，期望人们对社会管理甚至对自我管理的规整。可以说，诗人对寓言这

---

②徐钺：《吉诃德的名字——序〈序曲〉》，四川文艺出版社，2016年10月第1版，第8页。

一表达形式运用自如，有时候，甚至还让我们体会到童话般的感受，如《云朵是漂浮石头》：

天上的云朵
是漂浮的石头

它们自由
想去哪儿就到哪儿
它们活泼
悄悄把孤独捂住
它们单纯
把怨言雨一样说出

不因身居高处
叫人仰视
更不会使坏
让人一不小心磕个跟头

天上的云朵像石头
压在某个人的心头

凤鸣先生的诗歌，呈现出一种智辨之美。“犹太谚语说：人类一思考，上帝就发笑。而我要说：人类不思考，上帝可能会发怒。”[3]如果诗歌仅止于发现，总觉得缺点什么。凤鸣先生对这一点了然于胸。他不仅有着一双发现的眼睛，更有一颗善于思考的大脑。在他的诗歌中，时时处处都体现着这种思考和智巧。“但是，我思想的飞蛾/仍旧嗡嗡乱飞，根本没有打算/退回到安宁中去”（《失败的瓶子》），诗人自觉地对思考作出了诗性的解答。可以这样说，智辨之美已成为凤鸣先生对于诗歌表达孜孜不倦的追求和体现其诗歌特色的显著标志。“星星沉陷于天空的/野花沉落于大地的/一个人，沉迷于/另一个人的//每一个伤口/都会对过去进行一次/慎重的审判/每一个伤口拼拢/才会拼成世界的圆满。”（《伤口》）；“把天空的云朵去掉/把风中的小鸟去掉/把身下的长椅去掉/世上最伟大的画作/就是一张干净的白纸”）《练习》。像这样的诗作，不胜枚举。即使身处喧嚣的尘世，也总会有宁静的思考：

大海，偌大的广场
众江河长途而至
交媾，狂欢

---

③杨角：《笔尖上的激情》《杨角诗选》，2015年7月第1版，第1页。

礁石站立鼓掌
浪花忍不住尖叫
唯有沙滩
在岸边安然无语

——《静默》

凤鸣先生的诗歌，呈现出一种疼痛之美。这种疼痛，常常让我们不经意间流下泪水，甚至为之痛心疾首。“我要展开三千尺白发/我要用一块块下坠的骨头/砸出世间/最痛的回响。”这种痛，在诗人那里，也是他对世界的直接呈现：“是的，我要让大家看到/这个世上仍然存在一道/美丽的疤痕。”（《瀑布宣言》）“让惊雷说出内心的沉重/让闪电暴露淤青的伤痕”（《云是隐忍的》）。让人对这种隐忍，怀抱一种悲悯或者疼痛，生怕它们，一不小心，就会倾斜下来。从凤鸣先生的诗作密不透风的疼痛中，我们往往想贴近诗人的心扉，忍不住要为诗人分担些什么。

那个冬天
二十岁的姐姐
出嫁到十里外的村子

小小的我倚着家门
像恨鬼子一样
看着长长的迎亲队伍
从山垭口远去

这些年，不再年轻的姐姐
出嫁一样
又到了千里之外的广东浙江
和上海
小小的侄儿倚着家门
像盼红军一样
望着姐姐年关时
跟着长长的务工队伍
归来

这首《出嫁》，没有明显写疼痛，却将痛感写得跨越时空，跨越对象，具有强烈的穿透力。凤鸣先生写疼痛，在诗集中，有着广泛的呈现，如《秋风，无力喊出雨声的清脆》《孤独》等作品。我之所以引用这首诗作，是源于我在细读该首作品时，也和作者一样弥漫着疼痛。但是，细究之下，诗人的痛都是以爱作为基调，作为底色，都是爱的另一种表达。在诗集中不多的乡思乡愁题材的作品中，诗人的处理艺术都是这样，即便有爱，也是痛的呈现。而爱，在诗人那里，绝不轻易出口，从而使乡思乡愁生发无尽的寄托感和虚无感。

凤鸣先生的诗歌，呈现出一种救赎之美。“在精神遭受物质挤压的时代，做一个诗人实在不容易，他们要深入其中又要超然其外，要充满热情又要耐住寂寞，要坚守本分又不能故步自封”④。是的，在充满欲望与诱惑的时代，诗人很难超然物外。这就需要诗人的定力。这个定力也必须依靠诗人自己解决。凤鸣先生提出了一条自我救赎之道。“总愿连绵不断的雨/变成条条结实的绳索/能够抓住点什么/打捞起什么”（《雨，一直下》）。与疼痛相比，诗人的自我救赎又变得相当谨慎。云变成了雨，而雨又成了自我解救的绳索，矛盾和纠结，反复呈现，诗人的自我救赎之道进行得并不顺利。

把自己移开点
离开清晨必经的小径
还小草抬头
还道路转身

④蒋登科：《张万林：渴望温暖的吟唱》，收于《临水的细浪》，2009年4月第1版，第1页。

把自己移开点
离开黄昏郊外的树林
还风景独处
还时间静寂

把自己移开点
离开夜晚幽暗的小屋
还明月肉身
还花蕊泪水

这首《移开》，诗人对物我两忘之境到物我分离之境作出了大胆的探索。但是这些植物或事物，都是人的动作，其实物我还是统一的。包括《剥》《杀鱼》，都伴随着血泪，伴随着自我救赎的寻求之路。

面对世界，面对生活，诗人永远都在探索，都是行者，都在路上。但是，唯有诗人的胸怀，真挚依旧，唯有诗人的情怀，初心不改。“因为一直未语或不能说话/而让我们有意无意地/忽视了它们真实的存在”（《风之语》）。所以，诗人，有必要对世界发声，为生命奉上最美的《献辞》。“三千大道，只爱一条小径/能够代替其他道路/每天都走在回乡的梦里”（《世界》）。非常期待风鸣先生在诗歌的“小径”上，一直保持着这种旺盛的创作力，把作品打磨得更加精美，更有味道，更具筋骨。

2017年3月19日　巴中

（**孙梓文**　本名孙国贤，四川省作家协会会员、四川省民间文艺家协会会员，巴中市作家协会副秘书长，巴中市诗歌学会副会长、秘书长。）

后 记

2014年4月6日午后，写下自序，第二本诗集《逆光》问世。

之后一整年，未著半个文字。是一片难堪的空白。

2015年4月5日，子夜。惯性失眠的我，记下《四十岁》这首小诗。至此，重拾诗笔。

2017年初，盘点旧作。无所谓好坏，一个都不能少地归纳成集。很多事情既然发生，就变成历史吧。

感谢著名小说家卢一萍先生拨冗为序。感谢作家张万林、李国军、孙梓文先生勉励作评。感谢他们，为凿通本书与读者之间的通道，付出辛劳。

一直以为，只有读者的加入，一首诗歌才有可能最终完成；诗歌出版就是一次遇知音的过程。

所以，虔诚地迎接《献辞》的每一位阅读者，期盼同行！

2017年3月20日　秦巴小城　巴中